图书代号：WX19N1658

图书在版编目（CIP）数据

庆仁写诗 / 邢庆仁著. —西安：陕西师范大学出版总社有限公司，2020.1
ISBN 978-7-5695-1040-9

Ⅰ.①庆… Ⅱ.①邢… Ⅲ.①诗集－中国－当代 Ⅳ.①I227

中国版本图书馆CIP数据核字（2019）第180670号

庆仁写诗
QING REN XIE SHI

邢庆仁　著

出版统筹	刘东风　郭永新
责任编辑	宋媛媛
责任校对	彭　燕
封面设计	张潇伊
出版发行	陕西师范大学出版总社
	（西安市长安南路199号　邮编710062）
网　　址	http://www.snupg.com
印　　刷	陕西龙山海天艺术印务有限公司
开　　本	787mm×1092mm　1/32
印　　张	4.125
插　　页	4
字　　数	50千
版　　次	2020年1月第1版
印　　次	2020年1月第1次印刷
书　　号	ISBN 978-7-5695-1040-9
定　　价	36.00元

读者购书、书店添货或发现印刷装订问题，请与本公司营销部联系、调换。
电话：（029）85307864　85303629　传真：（029）85303879

目 录

放　风 / 001

球　场 / 002

故　宫 / 004

敦　煌 / 006

英　雄 / 008

宣　纸 / 009

丈　八 / 011

黑　牛 / 012

一个人 / 014

欢　喜 / 015

凡·高 / 016

写　字 / 018

星　空 / 019

大　寒 / 020

除　夕 / 022

狼尾巴单子 / 023

华　山 / 024

城　墙 / 026

羊　群 / 028

十　五 / 030

打　铁 / 031

花骨朵 / 033

麦　浪 / 035

写　生 / 036

大　雪 / 038

红绿灯 / 040

红　屋 / 041

诱　惑 / 042

黄　河 / 043

过堂风 / 044

罗　敷 / 045

狮　子 / 046

红　日 / 047

神　神 / 048

苞谷棒 / 049

五八画展 / 050

一把风 / 051

庭　院 / 052

做　梦 / 054

贴着你微笑 / 055

火　焰 / 057

祖先的色彩 / 059

照　壁 / 061

山　阳 / 062

故　乡 / 063

棉　衣 / 065

棉　裤 / 067

熏黑了 / 068

清　明 / 069

饺　子 / 071

月亮地 / 072

我丢了 / 074

猪　圈 / 075

麦　客 / 076

睡　觉 / 077

画　床 / 078

结　巴 / 079

点　灯 / 080

画　谱 / 081

飞　天 / 083

变成自己 / 084

炊　烟 / 085

父亲　母亲 / 086

不懂　不装 / 088

西　湖 / 089

灵　山 / 090

惊　蛰 / 091

匆　匆 / 092

村　口 / 093

照　片 / 095

家　园 / 096

孤　独 / 098

美　人 / 099

大明宫村 / 100

从午后到黄昏 / 101

太阳坡 / 103

牛　群　/ 104
兰　亭　/ 105
打　春　/ 106
印　章　/ 107
光　影　/ 108
八大山人　/ 109
一对花　/ 111
丢　盹　/ 112
紫　色　/ 113
裸　竹　/ 114
白　菜　/ 115
香　脂　/ 117
看　画　/ 118
桃花引　/ 119
后　记　/ 120

放　风

把纸撕成梦
贴在夜空

等一片叶子
落到腿上

看裙子去舞

球　场

水泥台阶上
还有午后阳光的余温

我摸到我的手
寻找你在一旁说的话
心思在球场游荡

我摸到我的脸
颧骨　鼻子　腮帮子
照一照镜子
双手挤出一丝心酸

你的目光
从指缝中溜走

谁说话
我都不听
擦一把毛巾
不刮胡子

故　宫

出门前反复说
记住　别忘了
说了一路
到跟前
还是忘了
直到骑摩托的夫妻
从故宫出来
买了一把芹菜
这才想起
那几个字
字典查过好多遍
就是记不住

幸亏今天人少

要不得用梦

和世界对话

敦　煌

离开西安
睡三天火车
到达敦煌
石榴花开了

果实落在地上
月亮洗过的
人间神话
相遇梦里家园

什么都不想
吃九个馒头

静静地听

一双赤脚

风中站成仙

英　雄

打开门
骑一匹宣纸拓的
唐代石马
到长安一角
守一窗青绿

听时间仰卧大地
唤醒多少英雄泪

宣　纸

宣纸
躺在床上
想起昨天的梦
跳着芭蕾

醒来时
已是秋天
窗外树叶黄了
以为是太阳照的

吃完红薯

笑自己
伸个懒腰
吼一声

丈 八

迷失了一丈
走回来八尺

又是重阳

情字爬上了梯子
撞见秋天
发红　发黄　发疯

然后
霜降

黑　牛

收割完麦子
大海诞生了
凡·高的笔触
在风中燃烧

星空夜
打成中国结
播种者
北方的回忆

烟火
野草

酒

站着的黑牛

站立的男人

一个人

一个人走在路上
发现平涂的白粉
盖不住墙上的电话号码

掰开几片绿叶
拍了几张照片
看他会是什么样子

欢 喜

挤了一堆白颜色
粉里透红

干湿浓淡间
露出桃子的痕迹

满身欢喜

凡·高

人说你是疯子
拿着耳朵说事
你没听见
看着奔驰的马车
两眼发呆
只剩下自己

你的背景
坐在路边聊天
吃着土豆
从没想过要死

是枪走了火

打出遍地黄金

你　才肯回头

写　字

为了写字
请一美女奏乐
还是没写好
美女也弹日塌了

事后总结
用的劲太大
老想着力透纸背

忘了提醒自己
乱写　乱改　乱画

星　空

星空是
疯狂的麦田

乌鸦
卷起暴风雨

我痛苦地喊
凡·高
邮差到了

蓝色蛋糕
是你的生日

大　寒

没事　已经
很少过来了
要是前些年
我会说：哎
到前面把我放下
我要回家看看

现在不用了
父母已过世
想起还是
从前的样子

一晃几年过去了

中午从门口绕过

已是大寒

除 夕

我用你的名字
点燃我的轮廓
还有花朵的欲望
不说一句话

但我知道
火焰才是我的镜子
像不像你

故乡的人
提一桶烟
从身边走过

狼尾巴单子

睡到大半夜
听见说话声

是风在动
布帘　狼尾巴单子
提醒我

桃红色
门的设计稿
正步入春天

华 山

灯火通明时
我爬上山坡
与西峰相遇

满山遍野的
暮色　梦一样
朝着莲花峰
一路漂移　汇入黑夜

晚安
我要回家

睡觉
地下传出众人的念唱
那是一个村庄的遗址

城　墙

过骡马市
刚想到种子
就有春风
吹来

一封信

剥开
城墙的颜色
面对面

嘘

有话直说

有屁就放

羊　群

很久很久以前
有人骑着马去追羊群
到跟前是一片白云
从此有了故乡

五百年以后
也有了我

我在黄土地上生活
身下却是流浪的草原
这是真的
你不信去问牧人

迁徙路上的漫漫长途

上上下下的旧事

曾经几番被埋入土里

又随庄稼长出地面

化成风中精灵

隐身在荒草中

怀念　我的梦想是

跳芭蕾舞

在天鹅湖边

十 五

从前　有月亮陪着
傻乎乎地
不想睡觉

今夜　有月亮陪着
走心话
说得　不想回去

咋办呀　不说了
明天打电话

打 铁

铁烧红了
千万要记住
不敢用手去摸

这是铁匠师父
最后的秘招
传给了徒弟

徒弟讲完笑了
从身上摸了半天
摸出一块玉

话常说

君子如玉

湿润有方

花骨朵

午睡前
还是花骨朵
一觉醒来
花憋不住
就自己开了

红着脸
走在枝头

摸摸手
在地上用白灰

画成线

三道道　五道道

麦　浪

麦地里
好想打个滚
懒一下身子

细想风中那一碗
凉面和菠菜叶

听落花
堆积成火焰
祭奠先祖

写 生

高兴地出去画画
却被冻回家

麦秸垛
靠着阳光的影子
一声不吭

花都等急了
风摇得
不知道穿啥
吃东吃西

门打开
升起地平线

船已划过山顶
准备上岸

大 雪

大雪围着
露出地面的石狮
样子像熊猫
随时会被太阳晒化
一不小心踩空
可能会掉进古代

地里仅有的麦苗
已饿得目瞪口呆

最害怕的一幕
就放在眼前

人是一个黑洞呵

谁有好的想法和建议
反正　故乡的房子院子
都没有了
风吹着哨子　尖叫
难道不是答案

对面的女青年
已踮起脚尖　跷起大腿
深情地拥抱散落胸前的
那一把
青翠的竹叶

红绿灯

斑马线的那一头
空心的绿色电子人
在余光中行走

清明节
我一个人
在十字路口

走过斑马线
是别人的故乡

红 屋

看花开成屁红色
我就知道
今年春天完了

想起昨天晚上
谈的俄罗斯美术
眼前像在过电影

老美院里
父亲也在听
还说了好多话
托梦给我

诱　惑

打开手机

看到自己的视频

赶紧关掉

怀疑那不是我

是谁变的

还配上声音

引诱我

胡思乱想

黄　河

等船上的人坐稳
我捡起地上的土坷垃

羊群从北门出来
我已理完头发
手握一把
石匠刻的镰刀
站在村口

黄河正在远去

过堂风

过堂风
从东边的门进来
又从西边门出去
线路很清晰

母亲还在织布机上
梭子声声　如儿时
故乡的面孔

罗 敷

车过罗敷
想起两块颜色

缃绮为下裙
紫绮为上襦

最古老的搭配
来自《陌上桑》

狮　子

秋风落下来
一圈狮子

大地熟透了
说走就走

撒一把高粱米
布满星空

红　日

红日
照上高山
天蓝得想咋呀
不知
连到哪儿
是古
还是今

神　神

神神吃的枣
在山里红了

剪成窗花
贴在人人身上
呼喊

船已靠近黄河

苞谷棒

在苞谷地里
有个想法

掰开苞谷皮
天蓝了

苞谷棒
气壮　山河

五八画展

种一朵玫瑰
在梦里放大

紫了
红了
蓝了

转身处
秋高
气爽

一把风

在海边
身后的曙光
是神话和传说
到黄昏
抓上一把风
弄乱飞起的鸟
带着我的孤独
想如花开

庭　院

谁喊我的名字
看一眼

白帆布绷的山墙
搬出庭院
不停地转换角度

声音太大了
把名字装在身上
到村口再说

麦垛子
过来拍个照就走

做　梦

梦里醒来
接着梦
苞谷堆成堆

狗咬
夜静
人声远

已是深秋
记得添衣裳

贴着你微笑

风染的
天空
水和光线
贴着你的身体
微笑

随你便
想咋就咋

点上一根烟
你吃一口

我吃一口

走　回家了

火　焰

我用身体
撞击你
盛开的呼唤

狗日的
谁画得这么好
妩媚的样子
在田野上睡着了

闭上眼睛
想起你
到过我的村庄

在墙上点燃火焰

带我去远方
沿路种上色彩
然后放我回来
潜伏在
自己身边

祖先的色彩

这不全是我的选择
还有我的家乡
和家乡的身体

就这样一路走过
风声响起
祖先的色彩
红的　绿的

过了那一段温暖
过了那一片孤寂

轻松的　自由的
看着远去的风景

照　壁

我和母亲
在说话

听到父亲问
是庆仁回来了

声音隔着墙面
划亮了你的轮廓

乡村夏夜
麦子等开镰

山　阳

村口桃花
盛开

谁家姑娘
挑水去了　南山

暮色梦染
一步走了一生

故 乡

那一天　遇上
故乡　模糊的
一闪而过的影子
揉成一缕白纱
交给天地

那一天　遇上
故乡　带粉的
紫色的蝴蝶
摇曳透明的翅膀
照亮家园

那一天　遇上
故乡　忧伤的
空无一人的小路
在风干的时间里
呼喊无声

棉 衣

一年四季
一件棉袄

天热了
棉花掏出来
天冷了
棉花塞进去

人老几辈子
都是这么过

来了　一生
走了　一世

棉　裤

麦子
缸里压实
双脚
伸进棉裤腿

麦苗起身
大地招摇

熏黑了

奔跑
在梦里

我不说
有人知道

煤油灯
熏黑的夜晚

清　明

回到北坡
爷爷的坟前

不敢弯腰
怕眼泪流出
模糊了形象

不敢跪地
怕哭声引燃
疯长的荒草

更不敢回头

怕看见身后

老去的村庄

饺 子

扑一把面粉
躺在案板上
花一样舒服

柔软的面
搓成擀杖
随意摆放

谁包的饺子
紧得
不说话

月亮地

月亮来了
坐你身旁

没有一句话的
月夜　油彩绘制
的斑斓年华

月亮的脚步
匆匆而去
多想亲一口

长条椅上的时间
即便你走了
还是一朵花

我丢了

我在老家
把我弄丢了

没人拾

猪 圈

一个多礼拜
没见猪的影子

圈门大开

出事情了
夕阳爬上房顶

麦 客

麦子黄了
不准烦人

都啥时候了
还想着要媳妇

走　收麦去

起风了
我要回家

睡　觉

从前看着世界名画睡觉
醒来时还是名画

画贴在墙上
你藏在心里

现在想着你睡觉
睡醒了还是想你

放我在画的世界
和你一起生长

画 床

风吹麦浪

看到凡·高

一床麦芒

刺向阳光

结 巴

我想去当兵
当了饲养员

我学你说话
学成八字步

我看你走路
看成了结巴

我去坡上浪
被风撵回家

点 灯

精身子点灯
和影子说话

陪月亮走过星星
回到民间

大红的窗花
盖着梦儿睡觉
在冬天的晚上

画　谱

想到父亲
看看《莫洛佐夫像》

想到母亲
看看《月夜》

想到媳妇
看看《无名女郎》

想到故乡
看看《粮食》

想到一生

看看《丰年笑语》

飞 天

放下镰刀
叫醒月亮

粽叶
飞上天

风过梢头
夕阳正忙

谁偷了
路边桃子

变成自己

从现实

到艺术

的路上

出轨

不要怕

不要装

找一个

僻静的地方

变坏

变真

变成你

自己

炊　烟

故乡
棉花一样软

升起的炊烟
插根棍棍
都能长

父亲　母亲

七年前
父亲不知道
他已死了
赶一大早的车
回家乡
收割麦子

七年后
母亲说
她要死了
喝完一口酽茶
一抬手

绣出一双蝴蝶

黄昏前
父亲等着光线
退一步
摆上田园瓜果
画一幅画
祭奠母亲

黄昏后
父母坐两旁　面朝前
回想过往风景

揉揉眼
抹平云烟

不懂　不装

过去
我不懂
真的不懂
怕人家瞧不起
装懂

现在
我不懂
真的不懂
怕把自己丢了

西 湖

手被丝绸划伤
流出水印的月影

停在湖边
等你来看

白娘子
走在桥上

灵 山

我看见一棵树

来自敦煌壁画
来自渔翁的斗笠
来自先民的生活

有塔
有寺

有大唐的僧人
行走在麦田

惊 蛰

一树麻雀
飞到另一棵树上
变成了叶子

春来了

匆 匆

有人来
黄昏
匆匆而过
一身黑衣
熟悉的面孔
我疑惑许久

村　口

地毯
长满了春天

卧着的牛
露出半截

谁的杰作
触动你

忧伤的头发
在身后被风追赶

回过神来

黄昏　空空荡荡

照 片

今日
雨水

一张
旧照片

在你怀里
变成枫叶

家　园

笤帚扫来清晨
一天从脚底出发

打开门
公鸡撵着母鸡
上了墙头

太阳升起

庄稼在夜里生长
醒来满身露水

北坡的谷子
风不浪荡

看见鬼了
撒腿就跑

孤 独

我造的
孤独
我去绚烂

美 人

就这样
让我看看你
美得人受不了
是星星下凡
还是你
我的眼睛都睁不开

大明宫村

一个村庄刚睡醒
露水滚落地上
偷听麦子
拔节的声音

影子留在冬天的夜晚
心里是黄灿灿的小米饭

只有一个人在千里之外
东张西望
掀起层层的麦浪

从午后到黄昏

我坐在车里
朝外看
田野　村落
树木　桥梁

一路上
像在擦玻璃

从午后到黄昏
到夜幕降临
我一言不发
直看到乌漆麻黑

水杯滚落地上

有人笑着
捡起我的底片

太阳坡

他扛着口袋
走过一条巷
拐过去
是太阳坡

你看娃呀
脱得一丝不挂

女人说了一半话
想起面发了
赶紧回
蒸馒头

牛　群

游过蓝天
一片白云

爬上去

牛群
踏风而来

兰　亭

有一年春天
在会稽山上

流过河里的汉字
成了兰亭序

鼠须写的
多么不易呵

老鼠又不听话
我们也不是猫

打 春

穿衣穿裤
起床啦

不胖不瘦
馒头
稀饭

出门带雨
满地流风

印　章

饭后习惯
吃一块甜点

骂两句土话
开始画画

盖上
印章

光 影

门半开

墙上的人

在画框里移动

干急没办法

信不知寄给谁

故乡在夕阳下燃烧

光影里

老屋显灵了

匆忙走过的人

是母亲

八大山人

遇上八大山人的
《河上花图卷》
老鼠尾巴
蓬松的线条

人放展脱了
思想也展脱了
一脸笑容

想吃什么
羊肉　羊肉泡馍

说好了

戴上帽子

太阳出来了

一对花

铺好床
墙上的一对花
开成绿色

屋里就两个人
随便吃　加菜

一碗红烧肉
又一年好光景

双手叉在腰间
样子更男人

丢盹

这下好了
现场被
一屋子黄昏
射光

我在想
我还在丢盹

写生的
花卉与
唐代手姿

紫 色

沟底的
苜蓿花

在风中升腾
紫色的

人快要飞起来了

抠上鞋
翻过墙头
上了北坡

裸　竹

这是我的画
咋叫你给画了
贾平凹说

又到一年梅花饮
月亮的动作
收起书
情不自禁

镇纸是四方诸神
朱雀　玄武
青龙　白虎

白　菜

傍晚的事情
白菜都知道

白菜白得
你别说　蛮
好看的
有模有样
还给关中黑
找了一个对象
不知配得上

哗啦哗啦

又和了

一桌麻将

香 脂

追了一路
梦到的地方
只因一袋
花生米

与水墨无关

想起
兰州的
香脂
苏州的
绸子

看 画

我让你看画
你问我
不怕人说
有啥怕的

画画
就是让人说的
让人看的

再说了
画都不怕
你还怕啥

桃花引

花瓣

落在

画面上

绿皮火车

过了

双乳镇

后　记

　　我原先的理想不是绘画，是跳芭蕾，而且是《天鹅湖》。只是没有人知道。无聊时，我会扒上村口的土墙头，伸展双臂，来回寻找平衡和速度，看着风中起伏的大地。

　　我不知道我到底能做啥，但我知道我肯定不是种地的料，家里人也不知道我想做啥，成天为我操不完的心，连那些庄稼都知道。整个村子都熬煎得愁眉不展。

　　十二岁那年，我在老家的新华书店买了一张《红色娘子军》剧照，喜欢得不得了，回家贴在墙上看，越看越爱，特别是小庞，简直就是我的样子，背个大草帽，扎个弓箭步，伸个指头胡乱指。看看人家洪常青，指的是革命方向。为了看得更高更远,吴琼花才踮起脚尖,依着洪常青的肩膀。远处就红彤彤一片了。

于是我也立下雄心大志,在自家院子里,学着他们的样子踮着脚尖走,疼得东倒西歪,又扶着檐墙走,脚尖垫在青砖铺的沿台上硌得叫人难受。

我从事绘画是受了父亲的影响。但真正把我引上道的还是那些贴在老家墙上的名画印刷品,比如委拉斯开兹《田园合奏》和《镜前的维纳斯》、列宾《查波罗什人复信给苏丹王》、苏里科夫《女贵族莫洛卓娃》、米勒《拾穗》等等,前后大约有七八十幅。在二十世纪六十年代末到七十年代的乡村,我就和它们睡在同一间屋子里。有意思的是,《无名女郎》在家里反复张贴过,它是克拉姆斯柯依的作品。时间长了,我以为父亲要以这个样子给我找媳妇呢,看母亲喜得好像也有这个意思。

搞不清楚我离开老家是否与李白的那首"长安一片月,万户捣衣声"有关,因为父亲当时给我讲了几遍,讲得很形象。

多年后,我就跟着那片月来到了长安。虽然没见到那个在河边拿着棒槌捣衣服的女子,但已经远远地感受到樊川的蛙声能把月亮灌醉。我才有机会趁乱赶在黄昏前到达韦曲,沿少陵原下一路朝东穿行于蝴蝶垂柳的乡舍、酒馆、溪边和驿站,没有人认识我是谁。

直到有一天,我看见俄罗斯画家谢罗夫的作品《欧罗巴被劫》,想起我在老家丢过的事情肯定与宙斯神有关,我就找来希腊神话看,看得经常晚上做梦,梦里把东西方连接在水上:基督与圣母、古亭、金童玉女、麻姑仙。等上了岸,如厕时又遭遇了强盗。都是些奇奇怪怪的事。

正因为这些八竿子打不着的事情和东一榔头西一

棒槌的话语，在某一个瞬间，神采才能飞扬，想象才能贴着大地神游。高兴了就一河滩全把它们捣腾出来说给朋友，他们鼓励我，说要想了解我的绘画，就先看看我的诗。

我也看过别人写的诗，我当不了诗人，诗人是勇敢的，诗应该有人的丰满，也要有人的骨干。我和芭蕾是我和自己开的一个玩笑，我是在绘画里跳着芭蕾的那个人。